Die Stadt der zerrissenen Träume

von

Benjamin Rodenstein

Illustration: Judith Ott

Gewidmet meiner geliebten Familie
und meinen treuen Freunden, welche mich
trotz stetiger Abwesenheit immer noch
als solchen bezeichnen.

Vielen Dank an Benedikt
für die ausführliche Korrektur.

(c) 2012 Benjamin Rodenstein

Illustration: Judith Ott

Herstellung und Verlag: BoD – Books on Demand

ISBN: **9783848227266**

Bibliografische Information der Deutschen Nationalbibliothek
Die Deutsche Nationalbibliothek verzeichnet diese
Publikation in der Deutschen Nationalbibliografie;
detaillierte bibliografische Daten sind im Internet über
http://dnb.d-nb.de abrufbar.

In einer kargen Ödnis brennt ein Feuer. In diesen Gefilden geht das Wetter äußerst unbarmherzig mit seinen Bewohnern um. Die Tage sind heiß und die sengende Hitze verbrennt den Schweiß auf der Haut. Die Kälte, welche die Nacht erfüllt, kriecht selbst durch viele Schichten dicken Schaffells. Der Regen reicht nicht aus, um mehr Vegetation als einige kahle Bäume leben zu lassen. Er lässt lediglich das Feuerholz nass werden. Der Wind wirbelt Sand auf. Der mit schneller Unerbittlichkeit umherfliegende Sand schmirgelt Stein glatt und verwandelt Haut nach einigen Wochen in Leder.

Hoch sind die Scheite aufgeschichtet und die Flammen knistern, knacken und spucken Funken in die Luft, jedes Mal, wenn sie noch feuchtes Holz ertasten. Am Rande des brennenden Kreises sitzt ein weißhaariger Mann. Die Augen liegen tief in den Höhlen und die Gesichtszüge sind ein Netz aus Falten und Narben - die Zeichen eines entbehrungsreichen, langen Lebens. Über ihm versammeln sich unzählige Sterne um einen großen, auf dem Horizont liegenden Vollmond. Zwei Jungen kommen aus einem Zelt, einige Meter entfernt. Man hört sie lauthals streiten.

Missbilligend verzieht der Alte das Gesicht und spuckt im hohen Bogen ins Feuer, lässt es zischen wie eine in die Ecke gedrängte Schlange. Seine Söhne streiten sich schon, seit sie noch kein Wort sprechen und gerade laufen konnten. Jetzt, da sie vor drei Monaten den Männlichkeitsritus vollzogen haben, kämpfen sie immer verbissener und härter miteinander.

Den alten Mann kümmerte dies bisher nicht. Doch nun, wo er den Hauch des Todes in seinem Nacken spürt, bemerkt, wie seine Lebensenergie mit jedem Atemzug verrinnt, macht er sich Sorgen um ihre Zukunft.

Herrisch winkt er sie heran und bedeutet mit einer Handbewegung, sich zu ihm zu gesellen. Als das tanzende Licht des Feuers ihre Gesichter erhellt, erkennt er, wie gespalten die beiden schon sind, wie wenig Brüderlichkeit in ihnen steckt. Er seufzt tief und denkt an eine Geschichte, welche sein Großvater ihm einst erzählte, damals als er im Streit beschloss, mit seinem Vater zu brechen und ihm niemals wieder gegenüberzutreten. Ihm öffnete sie die Augen, daher hofft er, dass die alte Mär seinen Söhnen auf den rechten Weg helfen wird. Sprach er in seinem Leben weit mehr mit seinen Ziegen als mit seinen Nachkömmlingen, so will er dieses Versäumnis nun, wo die Zeit drängt, nachholen.

Er holt geräuschvoll Luft, gebietet den beiden mit einer scharfen Geste zu schweigen und beginnt mit einer tiefen, zwar von den Jahren gebrochenen, aber immer noch kraftvollen Stimme, diese Geschichte seinen Söhnen anzuvertrauen:

Erster Kreis:

Tarsis

Jenseits beider Ufer des großen Flusses Bulah, der diesen Kontinent in die zwei riesigen Landmassen Urumay und Kurduk zerteilt, kurz bevor der breite Strom in das Meer mündet, liegt Gelia-Tarsis. Dort grub das Wasser in unermüdlicher Zielstrebigkeit innerhalb Tausender Jahre eine tiefe Schlucht durch den Berg Murla und die älteste Stadt der Welt wart entzweit. Niemand kann auch nur annähernd schätzen, wie alt Gelia-Tarsis ist. Es gibt zu wenige zuverlässige Quellen, um ein eindeutiges Datum zu nennen. Niemand weiß, wann die Teilung begann. Jedoch steht fest, dass diese Stadt seit mindestens dreihundert Jahren getrennt ist und vor fünfundzwanzigtausend Jahren schon existierte. Es wurden verborgene Steintafeln mit der Überlieferung ihrer Geschichte gefunden. Die ersten Häuser und der Marktplatz waren auf einem Berggipfel erbaut worden, auf dem Plateau des Berges Murla, dessen Schatten mehrere Dörfer in ewige Dunkelheit taucht. Am Fuß des Murla teilte sich das Wasser des Bulah und floss an beiden Seiten vorbei ins Meer.

 Doch mit der Zeit rieb der mächtige Fluss ein Loch in den Fels, welches zu einer Höhle wurde, die unmerklich wuchs, bis das Wasser das Meer berührte. Nach vielen Jahrhunderten brach der Tunnel ein und ließ einen kleinen Riss entstehen, welcher in gerader Linie durch die Stadt führte. Er verlief quer über den Marktplatz, wo er den Brunnen zerteilte, der an einer mehr als hundert Fuß langen Kette einen Eimer in den unterirdischen Fluss ließ. Dann brach er weiter, durch Häuser, den Tempel und die Stadtmauer. Erst nur einige Zentimeter breit, jedoch von Jahrzehnt zu Jahrzehnt wachsend, veränderte er zunehmend das Leben der Stadt. Die Risse, die durch die Mauern der Häuser führten, verbreiterten sich und eines Tages fielen die ersten Steine in den Abgrund. Es wurden natürlich Brücken erbaut. Die ständige Bewegung Murlas ließ sie jedoch innerhalb weniger Jahrzehnte zu kurz für den Spalt werden und sie stürzten in die Tiefe. Immer wieder wurden neue Konstruktionen erdacht, immer wieder aus Seilen, Ketten, Holz und Eisen neue Wege gesucht, eine Brücke zu bauen, die mindestens ein halbes Jahrhundert überdauern sollte. Doch keines der Konstrukte überstand länger als zwanzig Jahre, bis auch sie von der Tiefe verschluckt wurden. Jedes Mal, wenn die Brücken einstürzten, befanden sich mehrere Menschen darauf, die grausam in den Tod stürzten. Daher wurden die Brücken mit der Zeit gemieden.

Der ursprüngliche Pfad zum Dorf war entlang des Risses verlaufen, bis der Pfad dem Abgrund wich und nichts als lebensgefährliches Geröll und wegbrechende Steine jenseits der neuen Tiefe übrig blieben. Daher musste der Weg an der einen Seite hinab und an der anderen Seite wieder hinauf eingeschlagen werden, wenn man von Gelia nach Tarsis gelangen wollte. Dieser war jedoch so beschwerlich und lang, dass sich die auseinandergerissenen Familien entweder für eine Seite entschieden, oder sich für lange Zeit nicht sahen, als wohnten sie in weit entfernten Dörfern. Der Riss verlief so, dass in Gelia die Handwerkstätten und einfachen Häuser standen, während in Tarsis der Palast, die Adelsfamilien und reichere Handelshäuser verblieben.

Zu heutigen Zeiten stehen sich die Städte Gelia und Tarsis in belauernder Feindschaft gegenüber. Sie thronen auf den Gipfeln des alten, entzweiten Berges. In Gelia kam die ehrwürdige Händlerfamilie vom Schimmerfels an die Macht. Diese lebte in tiefer Feindschaft mit der Königsfamilie Urugahl der Stadt Tarsis. Sie waren noch aus der Zeit verfeindet, in der die Stadt geeint war und der Bulah einen Umweg machte. So wurde nie versucht, eine neue Brücke zu bauen. Die Herzen der Bürger waren vergiftet vom Hass auf den Nachbarn und in der ganzen Stadt konnte man das Gift spüren, welches wie übler Gestank durch die Straßen zog.

Niemand erinnerte sich an den Grund der tiefen Abneigung der Herrscherfamilien. In ihrem Innern schienen sich die Bewohner beider Städte einig zu sein, dass es schlimm genug für einen ewigen Bruch sein musste.

Doch heute, an diesem speziellen Tage hatte sich die Atmosphäre ein wenig gewandelt. Es wurde das jährliche Fest zur Sommersonnenwende gefeiert und zu diesem Anlass erschien allerlei fahrendes Volk auf den Marktplätzen und stellte verschiedene Waren und Künste zur Schau. Mannigfaltig, wild und fremd breiteten sich die Gerüche erlesener Speisen und die Geräusche der Gaukler, Narren, Jongleure und Prediger aus. Die Musik der vielen weit gereisten Musiker und Troubadoure hallte zwischen den Städten, als wetteiferten die verfeindeten Könige um das lautere, ausgelassenere Fest. Die Schlucht zwischen den Städten fing die Laute und ließ sie gemischt wieder heraus. Es hörte sich an, als fände das dritte, größte Fest am Grund der Schlucht, auf dem reißenden Strom des Bulah statt.

Mit dem fahrenden Volk kamen auch die Märchenerzähler Timotheus und Thalier in die Städte. Sie waren eineiige Zwillinge, wie die Städte, in die sie nun Einzug hielten, um den Königen ein Märchen zu erzählen. Beide Greise, vom Alter gezeichnet, trugen lange, weiße Bärte und hüllten sich in graue, verschlissene Kleidung, welche nicht den schillernden Gewändern von den Erzählern, eher den Lumpen der Bettler glich. Doch ähnelten sie sich nicht mehr so wie in der Jugend; über die Jahre hinweg erblindete Timotheus und Thalier verlor sein Gehör. Dies war das Erste in ihrem Leben, was sie voneinander merklich unterschied.

Der Abend brach herein. Auf den Straßen ließen die Feuerschlucker und Märchenerzähler ihre eigene, kleine Magie wirken und die Jongleure entzündeten ihre Fackeln. In den beiden Thronsälen der Könige begann eine Vorstellung mit den berühmtesten Künstlern und Erzählern des Kontinents für die Adeligen und hoch Angesehenen aus Gelia, Tarsis und den befreundeten Städten des Umlands. Der Abend wich der Nacht und vielzählige alkoholische Getränke hatten ihren Weg in durstige Kehlen gefunden. Als schon allerlei an lustigen, schaurigen und spektakulären Geschichten und Attraktionen dargeboten war, schwangen in beiden Thronsälen zur gleichen Zeit die Flügeltüren knarrend auf.

Timotheus und Thalier betraten die Paläste. Timotheus den alten Palast der Könige, Thalier den für die vom Schimmerfels aus einer großen Halle errichteten. Sie schlurften langsam, auf ihre langen Stöcke gestützt in die Mitte der Hallen, neigten ihr Haupt ein wenig gen König und schlugen dreimal mit ihrem Stab auf den Boden. Die Schläge dröhnten durch die Säle und das Stimmengewirr verlor sich. Dermaßen fehlenden Respekt konnten sich nicht viele vor den Tyrannen erlauben; einzig diese berühmten Märchenerzähler genossen Ansehen, welches anderer Natur war als das des Herrschers. Timotheus und Thalier gehörten einem alten Orden an, welcher nur zu besonderen Zeiten seine Boten ausschickte – Märchenerzähler von unergründlichen erzählerischem Talent. Es eilten ihnen Sagen voraus, fantastischer als manche ihrer Erzählungen. Es hieß, sie könnten Menschen Macht ihrer Geschichten lenken, Gedanken lesen, Dämonen beschwören und sie pflegten mit den letzten Drachen dieser Erde eine enge Freundschaft. Es gibt sogar Menschen, die glauben, dass die Welt von solch einem

Märchenerzähler geschaffen wurde, welcher frei im Nichts schwebend anfing, von dem Leben zu erzählen und so detailverliebt alles beschrieb, dass es Wirklichkeit wurde. Angeblich schwebt er immer noch zwischen den Sternen und erzählt von der Welt. Was erklären würde, warum wir niemals aufhören, neue Wunder in ihr zu entdecken.

Schwere Stille legte sich auf den Thronsaal von Tarsis, wo Timotheus den König Urugahl anscheinend mit seinen blinden, milchigen Augen fixierte. Mit brüchiger, aber in jedem Winkel des Saals deutlich vernehmbarer Stimme wandte er das Wort an den Herrscher: „Herr! Gestattest du mir, die Geschichte »Salz, Pfeffer und Gift« vorzutragen?"

Der König hob das Haupt und senkte es langsam und würdevoll zur Bestätigung.

Salz, Pfeffer und Gift

Einst lebte ein Mädchen in dieser Stadt. Es war jedoch vor so langer Zeit, dass sie gleichzeitig auch in *jener* Stadt lebte. Sie war keine besondere Schönheit. Nicht jede Geschichte handelt von der schönsten Frau, der man je begegnet ist und die Hunderte Seefahrer in See stechen ließ. Aber einen gewissen Reiz konnte man ihr durchaus zusprechen, wenn man auf die

Äußerlichkeiten achtete. Innerlich jedoch war sie so hässlich wie kaum ein Mensch. Sie war die Tochter des Königs und hatte niemals Not gelitten, kannte nicht den brennenden Hunger, den damals wie heute viele Menschen erleiden mussten. Allerdings kannte sie auch keine der alltäglichen Freuden, welche uns das Leben erträglich werden lassen.

Eines Tages, als das Mädchen alleine mit seiner Kinderfrau in dem großen Schloss war, in dem es wohnte, klopfte ein Bettlerjunge an seiner Tür. Die Prinzessin konnte nicht wissen, dass dieser zerlumpte Junge der jüngste Sohn einer Kaufmannsfamilie aus Gelia-Tarsis war. Diese Familie schickte traditionell jeden ihrer Söhne mit vierzehn aus dem Haus, um ein Jahr in tiefer Armut zu leben, um das Leben besser zu verstehen und aus allen Schichten begreifen zu können. Er hatte schon ein halbes Jahr auf der Straße in Armut verbracht und die Demut und kleinen Freuden der Ärmsten kennengelernt. Jeder hatte ihn davor gewarnt, am Königshofe betteln zu gehen. Diese Menschen seien anders, hieß es. Die spießen dich nur zum Spaß auf und lassen deine Leiche in den Fluss werfen. Und das Schlimme war: Sie *durften* es. Doch dies konnte ihn nicht an seiner Entscheidung hindern. Er war fest entschlossen, die Reichsten mit der Armut in ihrem Reich zu konfrontieren.

Der Junge war dermaßen abgemagert, dass er den schweren goldenen Türklopfer kaum heben und wieder senken konnte. Er war so klein, dass er auf Zehenspitzen stand und an dem Ring hing, den der goldene Löwe im Maul hielt, als die Pforte sich öffnete. Auf diese Weise mit der Tür ins Haus geschleift, erweckte er einen solch jämmerlichen Eindruck, dass gemeiner Hohn in dem reichen Mädchen aufkeimte und sie beschloss, sich mit dem Jungen die Langeweile zu vertreiben. Mit hinterlistigem Lächeln führte sie ihn in die große Küche, in welcher das Kochgeschirr, die Pfannen und Töpfe hell blitzten, und gebot ihm, Platz zu nehmen.

Der dürre, beklagenswerte Junge nahm wortlos die Einladung an, setzte sich auf einen Stuhl am Fenster und wartete auf ein Almosen. Das junge Mädchen nahm eine silberne Schöpfkelle und füllte eine Schale mit dampfender Suppe, welche die Gouvernante gekocht hatte und von der einiges übrig geblieben war. Dann zeigte es plötzlich aus dem Fenster und deutete auf einen Baum im Garten. „Sieh den Vogel dort! Ein Drachenkopffinkling!" Und tatsächlich. In dem Baum saß ein dunkelblauer Vogel mit einer etwas gruseligen Kopfform. Während der Junge das Tier betrachtete, schüttete das Mädchen einen viertel Krug Salz in die Schale, stellte sie vor dem Jungen auf den Tisch und legte einen großen silbernen Löffel daneben. Er bemerkte erst spät, dass die dampfende Suppe vor ihm stand, weil er so vertieft in den Tanz des Vogels war. Dann aber sah er die Schale, blickte dankbar zu dem Mädchen und nahm einen großen Löffel voll. Gespannt wartete es auf eine Reaktion. Doch es wurde bitter enttäuscht, als der Junge nur schmatzend den Löffel abschleckte und einen weiteren Mund voller Salzsuppe schöpfte.

Mit Zornesfalten auf der Stirn machte es sich in den Schränken zu schaffen und sagte nach einigem Klappern und Klimpern: „Ich werde dir noch einen Pudding zum Nachtisch bereiten." Und schon begann es, Eier aufzuschlagen, zu mischen und zu errühren. Auf einmal hielt es inne und deutete abermals aus dem Fenster. „Sieh nur!", sagte es, „ein Pfauenhörnchen." Während der Junge das bunt schillernde Nagetier beobachtete, wie es den Baumstamm hoch stolzierte und in einem Ast sein Nest baute, schüttete es zu dem Kakao Pfeffer in den Pudding. Den schärfsten Pfeffer des Königreiches und soviel, dass einem gestandenen Mann beim bloßen Anblick die Tränen in die Augen geschossen wären. Es stellte den fertigen, noch dampfenden Pudding vor ihm auf den Tisch und der Junge fuhr von dem Geräusch aus seinen Gedanken geweckt herum, erblickte die Schüssel und begann zu essen. Nach dem zweiten Löffel wurde dem Mädchen klar, dass auch dieses Mal die erwartete Reaktion ausbleiben würde und es ließ enttäuscht die Schultern hängen. Als Letztes bot es ihm zu trinken an, wofür es hinter seinem Rücken ein großes Glas Rotwein füllte und mit dem gefährlichsten Schlangengift des Königreiches versetzte. Sie schenkte sich ebenfalls ein und setzte sich dem Jungen gegenüber an den Tisch. Gerade, als die beiden anstoßen wollten, deutete der Junge aus dem Fenster und rief: „Schau mal! Dort! Zwei Königspudel." Während das Mädchen die beiden betrachtete, wie sie mit ihren Kronen umherstolzierten und mit zepterförmigen Ruten wedelten, tauschte der Junge die

Gläser aus, kurz bevor es sich wieder dem Tisch zuwandte. Er hielt das Weinglas hoch und sagte einen Spruch auf, der dem Mädchen alles Glück dieser Erde und ein langes Leben für seine Güte und Großherzigkeit wünschte. Diese kleine, ehrlich gemeinte Geste weckte ein Gewissen in dem Mädchen, welches bisher nur tief in ihm geschlafen hatte und sein ganzes Leben lang niemals erwacht war. Verzweiflung packte es, als es dem Jungen dabei zusah, wie er das vergiftete Glas hob und es an die Lippen setzte. „Warte!" sagte das Mädchen energisch und der Junge zögerte. Hastig blickte das Mädchen um sich und suchte nach einem Vorwand, den Jungen vom Trinken abzuhalten. Zum Glück war der Palastgarten voll von den seltensten und ausgefallensten Geschöpfen der Erde. Bis zu diesem Augenblick war die Prinzessin blind gewesen für die Schönheit des Gartens, hatte ihn gelangweilt abgetan. Doch nun sah sie die Fauna mit den Augen des armen Jungen und es erkannte die Wunder.

„Siehst du den Sattellurch? Gleich setzt sich der Reiterfink auf ihn!" sagte sie rasch. Während der Junge dem Schauspiel zusah, tauschte sie die Gläser aus, in dem Glauben, nun selbst den giftigen Wein zu besitzen. Sie entschuldigte sich und schlich, noch während der Junge von Tieren und ihren Reitkunststücken gefesselt war in die Küche. Dort schüttete sie den Inhalt ihres Glases in die Spüle und kehrte mit einem frischen Glas Wein zurück. Der Junge jedoch hatte das Mädchen beobachtet und wusste jetzt seinerseits von dem

Sinneswandel der Prinzessin. Er wollte wieder aus dem Fenster deuten, um auf ein weiteres animalisches Schauspiel zu zeigen, als er ungeschickt mit dem Ellenbogen seinen Wein umstieß, welcher über den Tisch und auf den Boden floss. Nun, da sie beide ihre Last des Giftes abgeworfen hatten, gingen sie in den Garten und genossen die letzten hellen Stunden des Tages zwischen den außergewöhnlichen Tieren. Als der Abend gekommen war, gingen sie ins Haus und gossen sich jeder ein Glas des Rotweins ein und tranken ihn nach einem langen Blick aus. Da sank die Prinzessin leblos dahin. Von der einen auf die andere Sekunde saß sie nicht mehr fröhlich am Tisch, sondern lag ohne Regung auf dem Fußboden. Sie hatte das stärkste Schlangengift des Königreiches genommen und die wenigen Tropfen, die an dem Glas hängen geblieben waren, reichten aus, sie auf der Stelle zu töten. Der Junge fiel fassungslos auf die Knie und weinte hemmungslos neben dem Mädchen, welches zum ersten Mal in ihrem Leben echte Freude empfunden hatte.

Es herrschte Stille im Saal, die Zuhörer warteten gebannt auf einen Ausgang der Geschichte. Es fehlte die Moral, das entscheidende Merkmal jedes Märchens. Die Tradition verlangte ein Ende. Als der Märchenerzähler jedoch keine Anstalten machte fortzufahren, erhob sich langsam Gemurmel und der König, dessen Stirn sich in immer tiefere Falten legte, wandte sich an Timotheus: „Wahrlich eine schöne Erzählung, weiser Timotheus. Wo jedoch ist ihr Ende?" Timotheus hatte sich inzwischen eine lange Pfeife aus seinem Umhang geholt und sie mit würzigem Kraut aus dem ledernen Beutel an seinem Gürtel gefüllt. Er paffte einige dicke Wolken in die Luft, bevor er langsam den Hörern erklärte: „Diese Geschichte ist nicht *eine* Geschichte, sie *ist* Geschichte. Aber andererseits auch Zukunft, daher für uns noch nicht erfindlich." Er nahm einen weiteren tiefen Zug, und als Urugahl etwas erwidern wollte, fuhr er mit scharfer Stimme fort: „Dieses Mädchen hieß Valesme, Valesme Urugahl. Es ward die Tochter des Königs Urugahl des Ersten und sie war die Mutter der geteilten Stadt, diejenige, die sie, wie mit einem Messer, in zwei Hälften teilte. Denn der junge Arathma vom Schimmerfels wurde fortan von dem Königshaus der Urugahl mitsamt seiner Familie als Mörder geahndet, trotz der Fakten, welche mit versalzener Suppe, verpfefferten Pudding und vergifteten Wein zu belegen waren. Und von diesem Ereignis an grub sich der Hass der beiden Familien so tief in ihre Herzen, dass wir nun hier stehen: mehrere hundert Jahre später und so hart verfeindet, dass niemand den Ursprung auch nur kennt. Und nun, da ihr euch alle des Anfangs gewiss seid, liegt es an euch, der Geschichte ein passendes Ende zu geben." Wie erstarrt wirkte der König, der ganze Hofstaat und die Edelleute wagten nicht zu sprechen, eine Stille, dick und zäh, kroch in den Saal. Bis der König seines Schweigens und der Blicke gewahr wurde und mit Zornesröte im Gesicht den Geschichtenerzähler anschrie: „Für wen hältst du dich, alter Mann? Du kommst in meine Hallen und verunglimpfst meine Ahnen?" Er winkte mit den Armen seine Wachen heran. „Werft ihn in den Kerker. Bei dem nächsten Vollmond soll er hingerichtet werden."

Zweiter Kreis:

Gelia

Während in Tarsis der dritte Schlag von Timotheus' Stock und die gewisperten Gespräche verklangen, warf in Gelia der alte, taube Erzähler langsam einen Blick durch den Saal. Seine Augen schweiften über die Kaufleute und Priester und auf dem jungen vom Schimmerfels, dem Herrscher über Gelia, kamen sie zum Stehen. Die letzten Gesprächsfetzen verhallten, als Thalier den Kopf neigte, als lausche er mit seinen tauben Ohren dem verklingenden Hall.

Als er sprach, mit klarer, dunkler Stimme, durchdrang sein Blick die Augen des Königs und es schien, als versuche er, in dessen Kopf hineinzublicken. „Werter Edelmann", sprach er den König an, ohne die kleinste Andeutung einer Verbeugung oder sonstigen Huldigung. „So nannten meine Ahnen die deinigen, die meinen, welche alle einmal in ihrem Leben vor diesem Thron standen und deinen Ahnen eine Geschichte erzählten. Doch wie ich sehe, nennst du dich noch immer *König*, und willst auch von anderen so genannt werden." Der Geschichtenerzähler spuckte das Wort aus, als schmecke es ihm bitter auf der Zunge. „Wie ich von meinem Vater weiß, ist seit einigen Generationen der Brauch der vom Schimmerfels, ein Jahr in Armut zu leben, nicht mehr eingehalten worden. Was nichts Gutes ahnen lässt. Und nun steht erneut einer meiner langen Linie hier vor einem vom Schimmerfels und ich weiß, dass ich wie so viele vor mir in deinem Kerker enden werde. Doch zuvor lass mich dir die Geschichte erzählen, wie es mein Schicksal ist. Vielleicht vermagst ja du der vom Schimmerfels zu sein, der so viele nicht zu sein vermochten."

Bevor eine Stimme des Protestes laut werden konnte, begann Timotheus seine Fabel zu erzählen:

Löwen und Elefanten

Die zwei Löwen

Es wuchsen einst zwei Löwen in einer Herde heran. Diese hatte ihr Lager nahe am Ufer des Bulah, an der anderen Seite des Kontinents, und führte ein Leben ohne Sorge vor Jägern oder anderen wilden Tieren. Sie lebten in einer ihnen gehörenden Steppe, mit vielen verschiedenen Beutetieren, welche im nahen Wäldchen nur darauf warteten, dass man sie jagte. Diese zwei jungen Löwen waren ungestümer als ihre Altersgenossen und schon früh wusste das Rudel, dass beide versuchen würden, die Führung an sich zu reißen, sobald sie erfahren und

kampferprobt waren. Als sie kurz davor standen, erwachsen zu werden, ihre Kämpfe immer verbitterter und blutiger austrugen, begannen ihre Mütter ihnen jeden Abend dieselbe Geschichte zu erzählen:

Die Weisheit der Elefanten

Elefanten sind mit dickem Fell ausgestattet. Sie merken sich alles und das ein Leben lang. Wenn es sich lohnt, sogar darüber hinaus, indem sie ihr Wissen an die Jungen weitergeben. Es sind bis zu vier Meter große und zehn Meter lange Wissensspeicher, welche länger leben als jedes andere Dschungeltier. Und, auch wenn die Elefanten unsere Beute sind, muss ich leider sagen: Elefanten sind klüger als Löwen. Vielleicht nicht im Kampf, jedoch um so mehr in ihrer Lebensweisheit zeigt sich ihre Überlegenheit. Jedes Tier im Dschungel lernte von den Elefanten. Die Schlange erlangte ihre Weisheit von den Elefanten. Die Vögel lernten das Wandern von ihnen, die Krokodile ihre ruhige Art. Jeder, auch die Jäger und rastlosen Tiere, jeder lernte eine Eigenschaft der Elefanten. Die Dickhäuter haben vieles verstanden, was uns anderen Tieren nicht erdenklich erscheint. Und doch sind die Löwen, die stolzen Herrscher der Tiere, die einzigen, die nichts von ihnen lernen wollen. Vielleicht, weil bloß Löwen einen dickeren Schädel und größere Sturheit besitzen als die Elefanten."

Immer wenn die Mütter an dieser Stelle ihre Geschichte beendeten, blickten sie traurig zu ihren jungen, stetig ungestümer werdenden Kindern. Als nun der Tag kam, da die Löwen erwachsen waren und ihre Instinkte sich nicht länger unterdrücken ließen, standen sich die beiden im Kampf um das Territorium gegenüber. Sie umkreisten sich, wobei ihre Blicke auch auf die in einem weiten Kreis um sie versammelten Löwen fielen. Auf ihre Freunde, ihre Väter und schließlich auf die besorgten Blicke der Mütter. Da geschah es, dass beiden die so oft erzählte Weisheit der Elefanten einfiel und im selben Moment taten sie das für sie einzig denkbare: Sie hielten in ihren Umkreisungen an und ergaben sich. Das hatte es noch in keinem Kampf der Löwen gegeben – beide Gegner freiwillig unterworfen zu sehen. Und so verließen beide Löwen in Eintracht das Rudel mit einigen Gefolgsleuten, um eigene Rudel zu gründen, neue Territorien zu erforschen. Und so lernten die Löwen als letzte der Tiere von den Elefanten.

„Und nun bitte ich euch – ich, dessen Ahnen den Euren nun über Generationen und Jahrhunderte hinweg diese Geschichte erzählten – zu lernen." Die Stille, die der Erzählung und der ungewöhnlich direkt formulierten Moral folgte, war ein fassbarer Druck, welcher darauf wartete, sich zu entladen. Und der ehemalige Edelmann und jetzige König ließ nicht mit seinem Unverstand und Zorn auf sich warten: „Wachen! Werft diesen Scharlatan in den Kerker! Ich habe in der ganzen Zeit meiner Herrschaft keinen vergleichbaren Frevel gehört." Die Lanzen richteten sich auf die Brust des Erzählers. „Bei nächstem Neumond soll er geviertteilt werden und mit ihm werden seine Geschichten sterben!"

Dritter Kreis:

Kerkergeschichten

Die Kerker von Gelia waren berüchtigt für ihre modrige Fäulnis, und auch die Zellen in Tarsis waren feucht und karg. In den beiden Kerkeranlagen saßen die alten Märchenerzähler, Timotheus und Thalier, in Ketten und nur durch ein kleines Gitterfenster vom Mondlicht beschienen. Durch dieses sahen sie den Marktplatz, jeweils von der anderen Seite und von der Schlucht und den hohen Mauern getrennt. Beide Fenster gewährten Blicke auf die Plätze ihrer Hinrichtung, damit sie ständig an ihr Schicksal erinnert wurden und außerdem hin und wieder auf ein Paar Füße, welches vorbeieilte.

Am nächsten Morgen hatte sich bereits bei allen Bewohnern Gelias und Tarsis' die Neuigkeit verbreitet, dass die Märchenerzähler eingesperrt worden waren. Immer wieder kamen alte Weiber oder Greise an den Kerkern vorbei und schoben Essen und kleine Krüge mit Wein durch die Gitter.

Eine der Frauen in Tarsis beugte sich zu dem Fenster hinunter und flüsterte zu dem in Ketten liegenden Timotheus: „Meine Mutter erzählte mir von eurem Vater, welcher einst sprach vor dem König und danach genau in dieser Zelle saß, wie ihr jetzt." Als sie nicht weitersprach, dachte der Erzähler, sie sei schon wieder gegangen, doch dann flüsterte sie: „Die Geschichten wurden nicht vergessen. Der König mag sie vergessen haben, aber wir nicht. Eure Ahnen leben in uns, in ihren Geschichten."

Timotheus entgegnete: „So verbreitet die Kunde, dass heute Abend eine Geschichte erzählt wird und dieses Kerkerfenster wird meine Bühne sein."

Am selben Tag geschah es, dass ein Junge in Gelia Thalier einen halben Laib Brot durch die Gitter schob. Bevor der Junge wieder fortlaufen konnte, raunte ihm der angekettete Greis zu: „Erzähl deinen Freunden, deiner Familie, deinen Nachbarn: Heute Abend, wenn die Sichel des Mondes am Himmel steht, werde ich eine weitere Familientradition fortsetzen – die Kerkergeschichten." Der Junge erwiderte nichts und machte sich sofort schnellen Schritten auf den Weg, die Nachricht zu verbreiten.

Als die Sonne unterging, hätte man meinen können, es sei ein besonders gut besuchter Markttag oder eine offizielle Versammlung in den Städten. Auf den geteilten Marktplätzen kamen sämtliche Bewohner der Stadt zusammen, außer den Wachen des Palastes, den Edelmännern und den verfeindeten Königen natürlich. Diese saßen bei Hofe bei ihren allabendlichen Gelagen mit den Adeligen. Die Bürger drängten sich an den hohen Mauern, welche die Sicht auf die Schlucht und die in Fehde liegende Stadt versperrten, und sie versuchten so nah wie möglich an die Gitterfenster der Kerker zu gelangen. Als das erste Mondlicht auf die Plätze fiel, hörten die Bürger wie auf ein geheimes Signal hin, wie die beiden

Märchenerzähler gleichzeitig, wie aus einem Mund, begannen, eine Geschichte zu erzählen. Trotz des Alters und der Brüchigkeit der Stimmen, hallten die Stimmen laut und klar aus den Verliesen, wurden von den Mauern und der Schlucht zerworfen und vereinten sich zu einer gewaltigen und alles erfüllenden Stimme.

Die Ameisenköniginnen

Einst lebte in dem Wald von Urbahl ein großer Ameisenstamm. Dieser war streng organisiert und von einer gütigen Königin beherrscht. Diese Herrscherin jedoch brachte zwei Töchter zur Welt, welche sie gleichermaßen so sehr liebte, dass ihr die Entscheidung, nur eine von ihnen zu ihrer Nachfolgerin zu machen, schwerfiel.

Aus Liebe, damit kein Streit zwischen den Schwestern entbrenne, machte sie beide zu den kommenden Königinnen, obwohl sie dies bei dem Bewusstsein tat, dass es keine zwei Herrscher in einem Königreich geben konnte. Die jüngere Tochter hatte viele Sympathien für die Arbeiter und diese Zuneigung wurde von den Untergebenen vielfach erwidert. Die Ältere umgab sich ihres Standes gemäß mit den Soldaten und führte die Gepflogenheiten des Adels mit Hingabe weiter.

Als die alte Königin im Sterben lag, schickte sie nach ihren Töchtern und gab ihnen am Totenbett den Befehl, einander nie in Feindschaft, sondern stets in Liebe gegenüberzustehen. Nachdem die Königin ihren letzten Atemzug getan, standen die Schwestern weinend beieinander. Doch dann kamen die Diener und fragten, welche der beiden zur Krönungszeremonie gehen werde, welche das Volk vom Tod der Königin berichten und die Pflichten übernehmen werde. „Ich!" antworteten beide wie aus einem Mund und sahen sich erschrocken an. Die jüngere trat einen Schritt zurück und sagte leise und ein wenig widerstrebend: „Du sollst als Erste vor das Volk treten, da du zuerst diese Welt erblicktest. Danach werde ich folgen." So ging die ältere auf den Balkon des Palastes und verkündete: „Höret, mein Volk. Meine Mutter, eure alte Königin ist tot. Sie starb mit dem Wunsch, euch zwei Herrscherinnen zu hinterlassen. Ich gedenke, ihrem Wunsch zu entsprechen." Das Volk, welches zu ausgiebigen Jubel bereit stand, blickte voller Verwirrung zu dem Balkon empor. Die ältere Schwester hielt inne und fuhr dann mit bebender Stimme fort: „Meine Schwester wird mit den ihr Untergebenen ausziehen und einen neuen Stamm gründen." Die jüngere war überrascht, denn sie hatte die Worte der Mutter anders ausgelegt als ihre Schwester, welche dachte, in dieser Weise dem Wunsch der Mutter zu entsprechen.

Das Volk war zuerst verwirrt und die Soldaten und Arbeiter wechselten zweifelnde Blicke. Doch die jüngere Königin trat hervor und sprach voller Trotz: „So sei es. Die mir zugetan, sollen sich am Ausgang des Baus sammeln, um in die Fremde zu ziehen und einen neuen Stamm zu gründen." Es kam Bewegung in die Masse und, wie zu erwarten, gingen die Arbeiter, sich der Zuneigung der jüngeren Königin bewusst, zum Ausgang der Höhle. Dort führte sie die Arbeiter nach draußen und ohne Abschiedsworte an die zurückbleibende Schwester und deren neue Untertanen, gar ohne Blick zurück, suchte sie eine neue Bleibe für ihr Volk. Die zurückbleibende Schwester verstand nicht, dass ihre Schwester die Worte der Mutter anders ausgelegt hatte, sich erhofft hatte, Seite an Seite mit ihr das Königreich zu führen, und verübelte der Schwester den so rüden Abschied. Als sie später am Hofe bei Tisch mit den obersten Soldaten saß, fragte sie, ob es schon Nachricht gab von dem neuen Stamm. Die Soldaten erwiderten, dass sie froh seien, die ungebildeten Arbeiter los zu sein und endlich eine prunkvolle Zeit des Adels hereinbrechen könne. Die ältere Schwester wagte es nicht, diesen Worten zu widersprechen. Der Zorn ließ sie im Herzen bitter werden, so dass sie ebenfalls daran glaubte, ohne ihre Schwester und die Arbeiter eine bessere Zukunft in Aussicht zu haben.

Die jüngere Schwester jedoch fand nicht unweit des alten Baus eine passende Stelle für ihr Reich und die Arbeiter fingen sofort an, ihr einen Palast zu bauen. Der Ameisenbau wurde gegen Sturm und Regen geschützt und die Bewohner blickten optimistisch in die Zukunft ohne Soldaten, welche ihnen stets arrogant gegenübergetreten waren und ihre Arbeit nicht zu würdigen gewusst hatten. Viele Monate vergingen. Wenn Monate vergehen, sind diese für Ameisen, deren Zeit wesentlich schneller vergeht als die der Menschen, Jahre und Jahrhunderte. Die Stämme standen sich in Feindschaft gegenüber, ohne jemals einander zu begegnen.

Doch eines Tages kam ein Sturm, welcher mit nie zuvor gesehener Stärke die beiden Reiche der Ameisen bedrohte. Der Bau der jüngeren Schwester wurde sofort von den vielen Arbeitern, welche schnell und routiniert ihre Handgriffe ausführten, gegen den fast übermächtigen Sturm, den peitschenden Regen und die dem Ozean gleichenden Pfützen verstärkt. Sie überstanden das Unwetter ohne Schaden. Das alte Reich der älteren Schwester jedoch war lange Zeit nicht gegen Stürme gewappnet worden und der Sturm fegte den Bau, samt Palast und aller Bewohner, einfach hinfort.

Am nächsten Tag feierten die Arbeiterameisen ein rauschendes Fest, um ihr Überleben zu feiern, und sie waren ausgelassen, wie niemals zuvor in ihrem Leben. In dem alten Königreich hatten niemals alle Ameisen eines Volkes beisammengesessen, da die Soldaten stets Wache hielten und vielen von den Arbeitern nicht erlaubten, an Feiern teilzunehmen, um weiter zu arbeiten. Um so ausgelassener feierten sie zusammen. Da fiel ein riesiges Bataillon kriegerischer Waldameisen über sie her, dessen Reich im Sturm ebenfalls zerstört worden war, welches sich jedoch ins Gehölz retten konnte und nun mit Gewalt ein neues Reich erobern wollte. Die erfahrenen Krieger hatten keine Gegenwehr zu befürchten, da die Arbeiter weder in der Lage waren, zu kämpfen, noch in ihrem trunkenen Zustand reagieren konnten. Also wurde jeder einzelne des Reiches von den Waldameisen erschlagen.

Die Moral dieser Geschichte ist, dass wir stets alle aufeinander angewiesen sind, dass weder Adel ohne Handwerk und Bauern noch Bauern ohne König und Soldaten bestehen können.

Die letzten Echos der Geschichte verklangen, die Schlucht zwischen den Städten ließ ihre eigene Stimme ersterben. Da erklangen die Stimmen der Märchenerzähler, um dem Volk zu verkünden, dass sie am nächsten Abend zur selben Zeit zurückkehren und lauschen sollten. Müde legten sich die Geschichtenerzähler in ihre Zellen und schliefen den Schlaf der Wartenden. Die Menschen der beiden Städte jedoch, träumten unruhig in dieser Nacht, viele von ihnen fanden gar keine Ruhe und wälzten sich in ihren Gemächern und dachten über ihre Situation und einen Ausweg daraus nach.

Der nächste Tag verging in seltsamer Ereignislosigkeit, als wartete die Zeit selbst darauf, dass der Abend endlich begann.

Dann war es so weit und die beiden Erzählerstimmen zerteilten die Stille und die Dunkelheit, gaben der Schlucht erneut eine Stimme, gewaltig und allmächtig. Sämtliche Bewohner der Städte waren an ihren Plätzen, um lauschen zu können. Sogar die Herrscher standen auf den Balkonen ihrer

Paläste und versuchten, möglichst genau die Worte zu hören.

Die Stadt der zerrissenen Träume

Am Rande einer tiefen Schlucht sitzt ein alter Mann. Sein grauer, langer und verfilzter Bart ragt in den Abgrund, umspielt vom Wind. Das weiße Haar liegt in Fetzen, wie ein zerschlissener Mantel um seine breiten Schultern. Sein hagerer Körper wirft einen langen Schatten in der untergehenden Sonne, welche den Himmel in flammendes Rot taucht.

Hin und wieder greift er hinter sich in einen abgegriffenen, großen Hanfbeutel und holt einen Zettel heraus. Mit lautem Geräusch zerreißt er ihn langsam und wirft die beiden Pergamentstücke in den Abgrund. Sie werden vom Wind erfasst und fallen tanzend in die undurchdringliche Schwärze. Tränen rinnen dem Alten über die eingefallenen Wangen, als er das nächste Schriftstück nimmt und ohne es eines Blickes zu würdigen, entzwei reißt, um auch diese Fetzen dem Schlund anzuvertrauen. In der Tiefe hört man einen reißenden Strom, der hungrig nach neuer Nahrung schreit. Die Tränen sind heiß und versiegen im Sand vor den Füßen des Mannes. Er sitzt dort seit Ewigkeiten, weiß selber nicht, wie viel Zeit verrann, seit er sich niederließ und den ersten der vielen Träume zerriss, welche er in das Nichts unter sich fallen lässt.

Mit einem Mal, als er gerade blind nach dem nächsten Pergament greift, geht ein Wandel durch das Gesicht des Mannes. Seiner zerfurchten Stirn, von Sorgenfalten durchzogen, gesellen sich andere Falten hinzu, der Blick seiner Augen wird härter und entschlossener. Er hatte niemals darum gebeten, der Henker dieser Träume zu werden. Er war nicht dazu bestimmt, *wollte* nicht dazu bestimmt sein, diese unglückseligen Taten zu vollführen. Sein Kinn reckt sich vor, Stolz und Entschlossenheit treten an die Stelle der traurigen Resignation seiner Züge. Das erste Mal überwindet er sich, einen der Träume anzuschauen, nimmt sich die Zeit, das Pergament in seiner Hand zu lesen. Sein Blick fällt auf einen Stammbaum. Er erkennt Ehen, die das Schicksal trennt, und Kinder, welche niemals das Licht der Welt erblicken würden, Großväter, die niemals ihre Enkel kennen lernen, und Töchter, die ohne Mann an ihrer Seite alt werden müssen. Dies alles nur, weil er, des Schicksals Helfer, diese Zukunft in Stücke reißt und sie dem Abgrund anvertraut. Liebevoll faltet er das Pergament und verstaut es im Inneren seines Mantels. Als er auch die restlichen Träume gedenkt zu retten und zu seinem Hanfbeutel zurückkehrt, stockt ihm der Atem. Seine geweiteten Augen starren in den Beutel. Er ist leer. Sein Sinneswandel kam ihm, als er die letzte Zukunft in Händen hielt. Verzweiflung bemächtigt sich seiner Gesichtszügen.

Er holt tief Atem, saugt die kalte Luft ein und rennt wild

entschlossen den Bergpfad, welchen er vor so vielen Zeiten mit einem vollen Beutel erklomm, hinab, seine Bastsandalen fliegende Schemen. Als er unten ankommt, sieht er die ersten Pergamentstücke. Er hetzt darauf zu, entreißt sie dem Wind, der sie weiter mit sich forttragen will. Eine endlose Spur zerrissener Zettel säumt die Seiten des Flusses.

So schnell seine alten Knochen es zulassen, krümmt er seinen Rücken um sie aufzuheben und in seinen Beutel zu stopfen. Einige fliegen an ihm vorbei und wie von Sinnen hetzt der alte Mann hinterher und fängt sie im Flug ein. Erstaunlich wenige waren in den Fluss gefallen.

Das Sammeln der zerrissenen Blätter beansprucht nur die halbe Nacht, während die Zeit des Zerstörens ihm vorkam, als hätte es ein ganzes Leben gedauert. Im hellen Schein des vollen Mondes, welcher sich flirrend auf der Wasseroberfläche spiegelt, beginnt er die Stücke zu sortieren, wie ein Puzzle, das Puzzle des Lebens, wieder zusammenzufügen. Immer wenn er zwei Stücke findet, welche zueinander passen, klebt er sie mit seiner Spucke aneinander, faltet sie und legt sie sorgsam auf den Boden.

Als der Morgen kommt, den Mond in seine Schranken weist und die Schlucht mit goldenem Licht durchflutet, steht an der Flussseite, wo der Mann sein Werk gerade vollendet hatte, eine kleine Stadt aus Papier. Die Stadt der zerrissenen Träume.

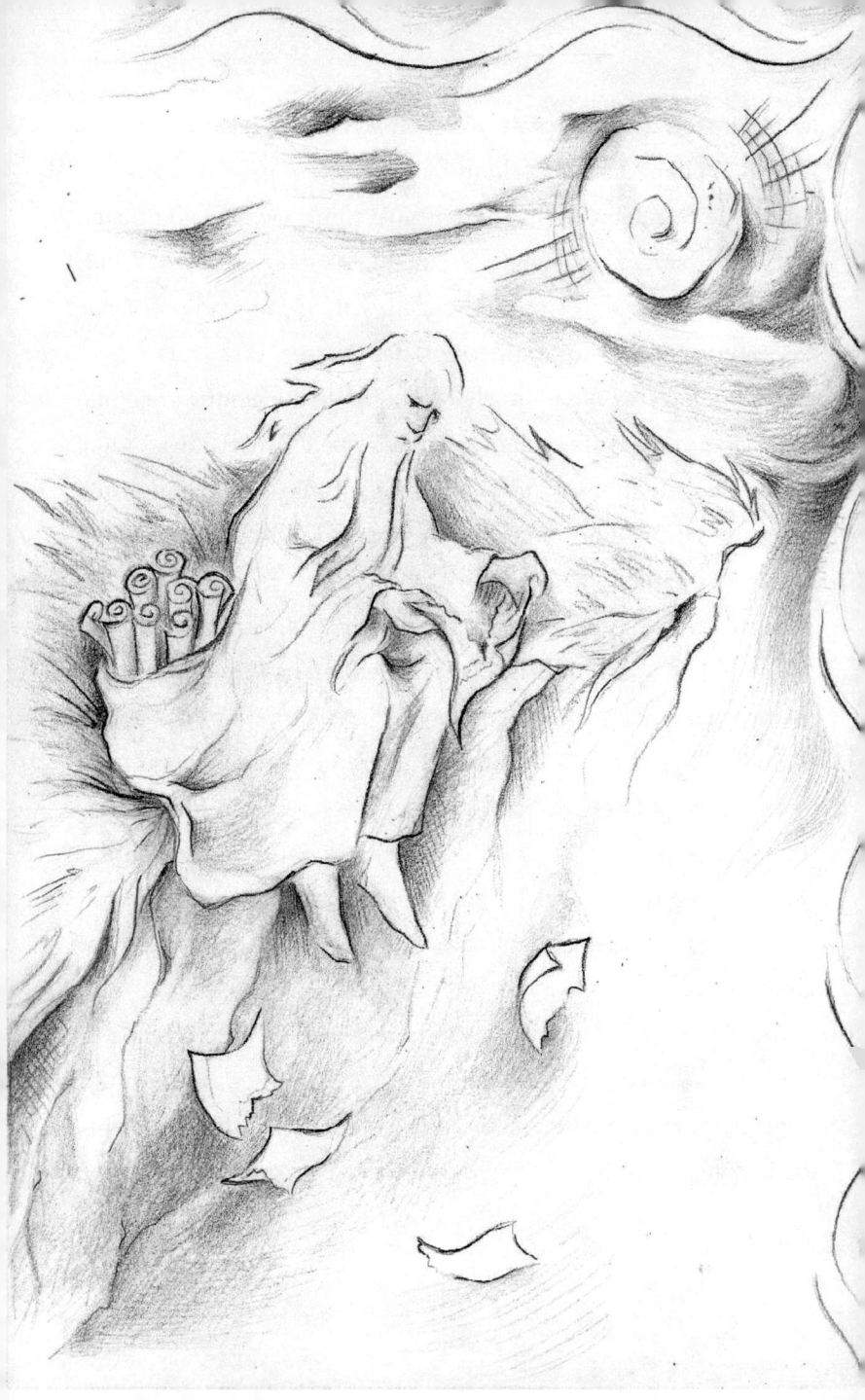

Dies war kein Märchen, keine Geschichte. Es war ein Aufruf und das Volk verstand ihn sofort. Sie waren den Menschen der gegenüberliegenden Stadt zwar immer fremder geworden. Doch das Bewusstsein, dass sie sich aus einem Volk erhoben hatten, dass sie ein Blut teilten und es viele unbekannte Verwandtschaften in der anderen Stadt gab, lebte stets in ihren Köpfen. Sie wussten: Dieser alte Mann waren sie, die die Geschicke der Stadt in ihren Händen hielten. Zu lange hatten sie zugelassen, dass ihre Träume zerrissen wurden.

Und so zogen die Menschen zu den Palästen und zwangen ohne Gegenwehr der Wachen, welche der Bevölkerung mehr Loyalität entgegenbrachten als den selbsternannten Königen, die Tyrannen von ihren Thronen. Sie befreiten die Märchenerzähler aus ihren Kerkern. Es war ein Akt der Freiheit und Brüderlichkeit und sie taten es geeint. Niemals wieder wollten die Bürger Gelia-Tarsis' getrennt voneinander leben und so geschah es, dass sie eine Brücke geschickt aus Seilen fertigten, welche die stetig größer werdende Schlucht bezähmte. Und aus den Städten ward wieder Gelia-Tarsis, und die zerbrochenen Bünde waren nach Jahrhunderten der Zerrissenheit geflickt.

Dies ist die Geschichte von Gelia-Tarsis, möge sie allen im Streit Gegenüberstehenden eines Blutes eine Lehre sein, sich auf das gemeinsame Band zu besinnen, das jede Familie und jeden Menschen mit dem anderen vereint.

Der Alte beendet die Geschichte, nimmt einen ledernen, vom vielen Gebrauch zerschlissenen Tabaksbeutel und stopft eine handgeschnitzte Pfeife mit dem dunklen Kraut. Er pafft Ringe in die Nacht und über das fast erloschene, vor sich hinglühende Feuer hinweg.

Regungslos sitzen die Brüder nebeneinander und starren in die Glut, weit entrückt in die Ferne der Erzählung.

Erschöpft sinkt der Greis auf den Boden, sein Umhang aus grober Schafwolle als Kissen, während er die letzten Züge des Tabaks genießt. Er weiß nicht, ob die Sage ihre Wirkung entfalten wird, wie sie es einst tat. Er weiß nur, dass er jetzt endlich vermag, in dieser Welt seinen Abschied zu nehmen, nun, da er den Söhnen einen Hinweis auf die Richtung ihrer Versöhnung zeigte.

Ein erleichtertes Lächeln umspielt seine spröden Lippen, als er die Augen schließt und seine Söhne allein am Feuer zurücklässt.

Über den Autor

Benjamin Rodenstein

...wurde 1980 in Münster geboren und lebt seither in dieser idyllischen Stadt als Schriftsteller und Musiker.

Bisher veröffentlicht:

Kurzgeschichten

„Luka" in KURZGESCHICHTEN 04/04
„Autor oder Die Geschichte meines Lebens" in Grusel & Horror 2007 (ISBN 3-939610-13-5)

Gedichte

„Schemen" in KURZGESCHICHTEN 10/2006
„Der Wanderer" in Anthologie „Lippenblütler" (ISBN 978-386634-381-8)
„Hoffnung" in Frankfurter Bibliothek 2007 (ISBN 978-393380-023-7)
„Die Zeit II" in Frankfurter Bibliothek 2008 (ISBN: 978-3-865489-58-6)
„Handschellen" in Anthologie „Liebesfunken" (ISBN 978-3-00-026389-7)

www.Benjamin-Rodenstein.de